AF587048

Notes sur le Symbolisme

DU MÊME AUTEUR :

Œuvres publiées :

Les Esclaves du Capital, brochure . . .	(*épuisé*)
Les Poètes de Demain	3 fr. 50
La Vérité, pamphlets.	(*épuisé*)
Les Crispées, poèmes.	3 fr. 50
Introduction a l'Histoire du Socialisme	3 fr. 50
Poètes Socialistes.	3 fr. 50
Les Envols, poésies	3 fr. 50
La Littérature Sociale, brochure . . .	1 fr.
Propos Frondeurs (satires et pamphlets).	3 fr. 50
Nos Petits Grands Hommes, un fort vol. .	5 fr.
Les Convulsées, poésies, fables, chansons	3 fr. 50
Nos Écrivains	3 fr. 50
Marseille Politique, histoire.	3 fr. 50
Les Chansonniers Socialistes, vol. cartonné	3 fr. 50
Jean Lombard (2e *édition*), brochure . . .	1 fr.
Calvaire d'Amour, roman	3 fr. 50
Fleur de Passion, roman.	3 fr. 50
Chansons du Sang (Révoltes et Géhennes)	3 fr. 50
Les Symboles (synthèse d'art social) . . .	1 fr. 25

THÉATRE :

Vindex, drame social en vers, 5 actes, 8 tableaux.
Démasqué, comédie en vers, 3 actes, 5 tableaux.
Léontine, drame en vers, 2 actes, 3 tableaux.
Salut aux Phocéens, lever de rideau, en vers.
La Famille Lecornuflard, un acte, en prose.

Pour paraître prochainement :

Leur Justice ! critique des lois judiciaires, un volume.
L'Art Social, un volume.

ETIENNE BELLOT

—o—

Notes sur le Symbolisme

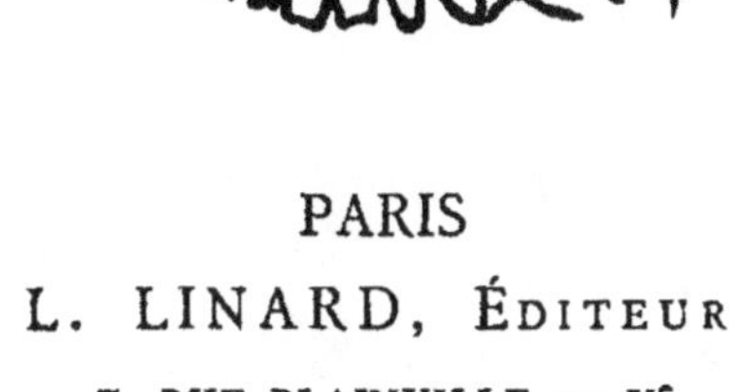

PARIS
L. LINARD, ÉDITEUR
7, RUE BLAINVILLE — V^e^

—

1908

IL A ÉTÉ TIRÉ DE CET OUVRAGE

UN EXEMPLAIRE

SUR PAPIER DES MANUFACTURES IMPÉRIALES DU JAPON

PORTANT LE NUMÉRO I *(hors commerce)*

ET

20 EXEMPLAIRES

SUR PAPIER DE HOLLANDE VAN GELDER ZONEN

NUMÉROTÉS A LA PRESSE DE 2 A 21

Ces notes parues jadis dans mes causeries du " Voltaire ", au moment de mon évolution symbolique, offrent une particularité bizarre : elles furent publiées dans ce journal à la place même où Emile Zola défendait, quelques années auparavant, ses théories naturalistes.

Je me décide à les republier, sur les instances de quelques confrères, qui pensent qu'elles peuvent être utiles comme document littéraire.

Je n'y retranche rien, pas plus que je n'y ajoute.

E. B.

Notes sur le Symbolisme

Le Symbolisme prend naissance vers la fin de l'année 1885, mais il faut remonter à 1882, pour en trouver les premiers indices, généralement inconnus ou oubliés, c'est-à-dire l'instant où le désarroi des Écoles littéraires, les productions confuses, appelaient le besoin d'un renouveau poétique.

C'est dans un petit journal hebdomadaire d'allures vives, un peu pénétré de l'esprit fantaisiste des étudiants du quartier latin, qu'apparurent les aèdes du mouvement.

Ce journal, fort bien rédigé, s'appelait *La Nouvelle*

Rive Gauche, titre qu'il changea ensuite pour celui de *Lutèce*, qui eut une si brillante destinée.

Une première *Rive Gauche* avait paru sous l'Empire, avec une allure aussi vive, mais exclusivement politique. Elle fut le centre de quelques écrivains qui firent la guerre à l'homme de Décembre et à ses suppôts. Flourens y avait publié *La Science de l'homme*, Léon Cladel, son premier roman : *Pierre Patient*. Vallès, Malon, Delescluze y collaborèrent.

Supprimée sous l'Empire, *La Rive Gauche* passa en Belgique, d'où ses directeurs: Charles Longuet et Rogeard, furent expulsés encore. Ils passèrent en Angleterre, et *La Rive Gauche* cessa de paraître.

La Nouvelle Rive Gauche, pour être moins politique que la précédente, n'en fut pas moins révolutionnaire. Elle indisciplina la strophe, libéra le vers des chaînes classiciques et formula même des théories sociales.

En 1883, à propos des souhaits du jour de l'an, *La Nouvelle Rive Gauche* se caractérisait ainsi elle-même : « *La Rive Gauche* n'a pas d'usages: C'est un journal immoral, antipatriotique, qui blague toutes les choses consacrées et ne connaît d'autres règles que celles de la syntaxe. »

Ce journal, chose bizarre, fut d'abord hostile aux

symbolistes, avant d'en devenir l'organe; en voici le pourquoi ravissant:

Le Paris-Moderne, revue littéraire, venait de publier une pièce de vers qui devait rencontrer tant d'échos parmi les Jeunes : *L'Art Poétique*, de Paul Verlaine, poète alors inconnu de la génération qui montait.

Dans son numéro du 1er décembre 1882, *La Nouvelle Rive Gauche* répondit par un article méprisant et indigné, sous ce titre: *Boileau-Verlaine*.

« Mais en prose, qu'est-ce que cela signifie ? s'écrie l'auteur de l'article; que signifie cette haine de l'éloquence et du Rêve ? Qu'est-ce que ce Monsieur qui attaque la rime ? Comme si la rime n'était pas dans les vers la grande harmonie ! »

Voici les extraits caractéristiques de ce petit code poétique en vingt-sept vers, et qui donne bien la note du talent de Verlaine, doucement mélodique, avec parfois des maladresses, des négligences où se révèle son peu de patience au travail:

De la musique avant toute chose,
Et pour cela préfère l'impair,
Plus vague et plus soluble dans l'air.

Il faut aussi que tu n'ailles point
Choisir les mots sans quelque méprise :
Rien de plus cher que la chanson grise
Où l'Indécis au Précis se joint.

C'est des beaux yeux derrière des voiles,
C'est le grand jour tremblant de midi,
C'est, par un ciel d'automne attiédi,
Le bleu fouillis des claires étoiles?

Car nous voulons la Nuance encor,
Pas la Couleur, rien que la Nuance.

. . . .

Prends l'éloquence et tords-lui le cou !
Tu feras bien, en train d'énergie,
De rendre un peu la rime assagie ;
Si l'on n'y veille, elle ira jusqu'où ?

Oh ! qui dira les torts de la rime !
Quel enfant sourd ou quel nègre fou
Nous a forgé ce bijou d'un sou
Qui sonne creux et faux sous la lime ?

Cette piécette souleva un *tolle* général. A son propos s'exerça cette facile négation, inintelligente et de parti pris qu'on retrouve si souvent sous certaines signatures, les plus diverses, d'échotiers, chroniqueurs, critiques, avec seulement des variantes allant du sourire dédaigneux aux injures grossières. Excuse des échotiers : ils ignorent l'art ; excuse des chroniqueurs : ils parlent des livres sans les lire ; excuse de la grande critique : elle parle des mouvements littéraires sans les étudier.

Mais un mot d'ordre existe ; l'on est un « peuple spirituel » et l'on doit rire de tout, de ce qui étonne, de ce qui surprend, de ce qui est nouveau, de ce qu'on ne connaît pas, quitte, ce qui arrive très souvent, à louer hyperboliquement le lendemain une chose dont on s'est moqué la veille.

O beauté d'âme des peuples spirituels !...

Une année passa en polémiques.

Les Romantiques hurlèrent, les Parnassiens grincèrent, les Naturalistes gémirent, et Verlaine fut cloué au pilori de la conscience publique.

En janvier 1883, oubliant qu'il ne respectait que la syntaxe, le journal *Lutèce* publia des poèmes de Paul Verlaine. C'est là que virent le jour les petits poèmes mélodiques formant le recueil que publia Léon Vanier, sous le titre : *Jadis et Naguère.*

Désormais, *Lutèce* va s'ouvrir de jour en jour d'avantage à des tendances plus libres, où déjà s'applique la parole de Verlaine :

Car nous voulons la Nuance encor,
Pas la Couleur, rien que la Nuance!...

En même temps, l'éreintement de Francuistre Sarcey, éreintement devenant classique et obligatoire, commence. On relève cette phrase amusante à son propos: « Montrez-lui un Aigle, il vous répondra hardiment: C'est un pierrot!...»

Et un nouveau poète surgit, qui devait susciter rumeur, devenir le disciple, l'émule, l'antagoniste de Verlaine: Jean Moréas.

Ses premiers vers, ne sont pourtant guère révélateurs d'énergie, annonciateurs de théories, mais il y a quelque chose. Il faut dire que nous sommes, à ce moment-là, loin des préoccupations symbolistes d'aujourd'hui et aussi des vers dits « libres » qui indignaient les outrecuidants du Parnasse. Ce qui les faisait surtout bondir était l'accouplement dans la même pièce de vers alternants de 2 à 16 syllabes, chiffre maximum atteint par le seul Jean Moréas. A moins que le record n'ait été battu depuis par un autre symboliste, Gustave Kahn.

Puis, des vers d'un poète monotone qui se souvient de Lamartine, et qui tentera de s'affirmer par un volume de critique sous ce titre étrange : *La littérature de tout à l'heure.* Le meilleur en sera la première partie, fortement impressionnée par les conversations, si belles, lumineuses et paradoxales de Paul Verlaine et Stéphane Mallarmé, cet excellent Mallarmé qui domine toujours les cimes du symbolisme.

* * *

Dès 1883, le petit journal *Lutèce* faisait parler de lui. La presse commençait à lui consacrer des chroniques et parfois des ironies cinglantes. Aurélien Scholl, dans *l'Événement,* déclarait ce journal « rédigé avec talent et conscience ». Il y avait les « Samedis de Lutèce », où l'on disait des vers, et où l'on discutait ferme, discussions encore bien timides, si l'on en juge par celle-ci, entre Jean Moréas et Georges d'Esparbès.

Jean Moréas avait écrit le vers :

Aucun éclair — n'illumine — ton cerveau mort...

Georges d'Esparbès soutenait que ce vers était faux.

— Il est ternaire, lui riposta dédaigneusement Moréas.

Nous sommes alors, on le voit, encore loin des vers de 16 pieds, et surtout d'une autre École qui se lèvera bientôt, avec des vers aux césures brisées qui, tout en gardant l'alexandrin classique ne se comporteront plus que d'après des rythmes obéissant à la pensée et selon une méthode scientifique qui sera nommée « l'Instrumentation Verbale » et que formulait déjà René Ghil !

Moréas et d'Esparbès discutèrent d'ailleurs longuement sur le *vers ternaire*, qui apparaissait audacieux, sans se souvenir que Victor Hugo en avait fait plusieurs semblables et que les poètes *Parnassiens,* avant eux, avaient discuté sur ceux de Théodore de Banville :

Elle filait — pensivement — sa blanche laine !...

Mais les discussions ouvraient des horizons et des polémiques.

Soudain, voici qu'Émile Goudeau quitte le « Quartier Latin » pour aller fonder le « Chat Noir », sous la direction de Rodolphe Salis, peintre, littérateur, et, enfin, ni peintre, ni littérateur, mais dont l'œuvre sera surtout une pépinière de dessinateurs d'une grande originalité, tels Villette, Rivière, Caran d'Ache, etc., etc.

Ce fut une diversion utile.

C'est alors que l'éditeur Léon Vanier, qui devint par la suite si notoire, se révéla par une publication sensationnelle : « *Les Poètes Maudits* » de Paul Verlaine. Ce livre était la biographie, avec de larges extraits de leurs œuvres, de Tristan Corbière, Arthur Rimbaud, Stéphane Mallarmé et quelques autres.

Avec Verlaine (dont *Les Poèmes Saturniens*, son premier recueil, appartenaient à l'École Parnassienne), ce fut une nouvelle orientation. Verlaine apportait là son catholicisme attendri et mélodieux comme des orgues très lointainement entendues, et les menuets et gavottes de ses délicieuses *Fêtes Galantes ;* avec *Romances Sans Paroles*, dont son cœur d'amant s'éplore, en notes désolées et pourtant souriantes; avec *La Bonne Chanson*, mélodie lente des flûtes, Verlaine ouvrait la première voie au Renouveau littéraire.

Mais Corbière, qu'il présentait, effarait encore les nouveaux venus. Tout en laissant de côté certains poèmes un peu extravagants de son unique livre : *Les Amours Jaunes,* quelle merveilleuse puissance il y avait cependant, quelle fécondité rythmique, pleine de heurts et de vie terrible, dans ses poèmes sur la mer, dont il nous semble le plus sûr et le plus profond poète!

Les quelques poèmes de Rimbaud étonnent étrangement aussi : quels prodigieux rêves d'abîmes et de pays fiévreux!

Quant à Mallarmé, ce n'est pas son poème *L'Après-Midi d'un Faune* qui captive encore, mais tels poèmes parus dans les recueils du *Parnasse contemporain*, chez Alphonse Lemerre, comme *Les Fenêtres*, *La Naissance des Fleurs*, où le poète a encore lui-même une parenté, presque éteinte cependant, avec le Baudelaire subtil et frissonnant.

Vers 1885, *Lutèce* s'enrichit de deux nouveaux poètes, deux jeunes, aux vers encore très indécis ; l'un parnassien, avec une influence de rythmes plus doux de Verlaine : Henri de Régnier ; l'autre avec des vigueurs parfois inquiétantes et comme tâchant de vouloir briser le moule classique d'un violent effort : c'est Francis Vielé-Griffin, d'origine un peu américaine.

La lutte s'ouvrit bientôt. Un article signé Francis Enne, cependant, félicite *Lutèce* : « Ils ont compris, dit-il, qu'il y avait un poète oublié : Paul Verlaine»...

Il en était un autre : Stéphane Mallarmé. Et au moment de la lutte dont nous parlons, c'est chez Mallarmé, à ses Mardis soirs de son simple et charmant appartement de la rue de Rome, que tous les combattants de demain, avant le duel, se présentent l'un à l'autre, se serrant la main, se réunissant pour faire face à la levée en masse de la presse, et à laquelle, crânement, avec orgueil, sans compromissions et sans faiblesses, tous répondront à coups droits et souvent sûrs !....

Donc deux têtes dominaient les juvéniles ardeurs qui venaient, la plupart sans trop savoir ce qu'ils voulaient, mais sentant qu'ils devaient pourtant sortir des entraves et des formes figées du Parnasse et de son insensibilité à la Leconte de Lisle, et briser les jeux de rimes de Banville, encore que Banville par ses essais de vers de 11 et 13 pieds, ait été le devancier de Verlaine, qui n'inventa rien, mais qui systématisa.

Citons, entre parenthèse, de Banville, ces vers de 11 et 13 syllabes :

Les sylphes légers — s'en vont dans la nuit brune...
Le chat de l'orgie — avec des cris au loin proclame...

Les jeunes sentaient peut-être aussi, obscurément, que bien des choses étaient artificielles, qu'il y avait de la rhétorique un peu pédante et puérile là dedans — et que le souffle de la Vie n'y frissonnait pas plus que l'air des plaines en beaux palais adornés ou bellement hiératiques; et ils attendaient.

Les deux têtes étaient Verlaine et Mallarmé. Ils avaient été du Parnasse et n'étaient plus des « Jeunes ». Mais la jeunesse, ardente, enthousiaste, avide, allait leur faire la gloire peut-être la plus belle à rêver : leur refaire une seconde jeunesse, les appeler à combattre, en chefs vénérés, adulés !

Ils avaient été du Parnasse, n'en devant pas être sans doute, ce qu'ils portaient en eux n'ayant pas trouvé là à se déployer... et d'ailleurs, comme si les autres et les plus illustres, Leconte de Lisle, Catulle Mendès, Coppée, Sully Prudhomme, Maria de Hérédia, Léon Dierx, ne les eussent pas sentis de mêmes rêves qu'eux, n'aimèrent pas leur faire une grande place. Ils les forcèrent à se tenir à l'écart, de sorte que ces deux talents ne furent guère dans le Parnasse que deux passants.

Ainsi le prouverait cette petite histoire arrivée à Mallarmé, qui, lui surtout, était loin d'eux par ce qu'il fut depuis :

L'École du Parnasse eut plusieurs recueils de poèmes de ces divers adeptes, les derniers avec l'appui de l'éditeur Alphonse Lemerre, alors commençant, et sous la direction de Mendès, qui fut le vrai chef du Parnasse.

Mallarmé fut de l'un d'eux, avec les quelques poèmes dont nous avons parlé, et qui déjà inquiétaient les plus sages et les plus inémus poètes. Mais, à un second recueil, ce que présenta Mallarmé, ce fut *L'Après-Midi d'un Faune*!... Grave chose : il y avait deux camps très combatifs, et, finalement, Mallarmé fut prié de retirer le malencontreux poème. Sully Prudhomme, toujours Prudhomme sans Sully, avait menacé de se retirer « si cette chose incohérente passait ».

Mallarmé s'en alla.

En 1885, il se retrouva glorieux d'un coup, tel un roi au milieu d'une cour royale, acclamé par la jeunesse qui venait. Il se trouva en quelque sorte seul dieu visible pour la plupart, car Verlaine habitait de si excentriques quartiers et, par goût, de si bizarres maisons, qu'il était comme inaccessible. De plus l'on apprenait un peu de sa vie, qui éloignait beaucoup de graves et délicats esprits de lui.

On a prétendu que Rimbaud, dont il se faisait toujours accompagner, fut le ferment qui fit lever la mauvaise pâte ! Nous pensons que Verlaine fut toujours un inconséquent et peut-être même une mauvaise nature. Il a dit, dans le « *triste château* » dont il parle dans *Sagesse*, son repentir d'enfant inconscient qui, naïvement, demande pardon des ennuis qu'il cause aux uns et aux autres.

* * *

Deux nouvelles Revues paraissent : *Le Mercure de France*, dirigé par Alfred Valette, qui écrivait alors à *L'Écho de Paris*, et *La Plume*, qui d'abord sembla vouloir être un terrain d'éclectisme et de conciliation ;

on y trouve pendant presque un an des vers ou les portraits et les biographies des chefs symbolistes.

Survient ensuite une hésitation : son directeur, Léon Deschamps, penche vers l'École Évolutionniste, mais soudain *La Plume* met hors de pair Paul Verlaine, autour de qui se crée la fameuse légende du « *poète à l'hôpital* », du « *génie mourant de misère* ». Verlaine habitait alors, du côté de la Bastille, une petite chambre d'hôtel, assez singulier avec son « mastroquet » à la boutique peinte en rouge sang de bœuf, avec son escalier puant où montaient des filles au verbe rauque. C'est là qu'habitait le mélodieux et tendre auteur de *Jadis et Naguère*, avant la dernière maladie qui le terrassa.

Or, à partir de cette époque (*1887*), Verlaine, malade surtout de sa vie déréglée, avivant de vieux maux passés dans son sang, demeure des mois à l'hôpital, qui devient un « chez lui », et où il est traité avec tous les égards.

C'est là, d'ailleurs, seulement qu'il travailla à des livres, vers ou prose, plutôt mauvais, avec parfois des éclairs de son ancien talent si doux.

Et cette légende naît de là : la légende du *poète à l'hôpital*, rappelant Hégésippe Moreau et Gilbert, lénde qui toucha les âmes sensibles, et peu renseignées.

Ainsi Paul Verlaine, d'hôtels borgnes à l'hôpital et parfois au poste de police, publia désormais des choses plutôt médiocres, des volumes au-dessous de lui-même, pour obéir à la notoriété, à la popularité presque, que lui valait sa pauvreté. Étalant ses sentiments catholiques, quelques dames du monde lui firent, les dernières années de sa vie, une pension le mettant à l'abri du besoin.

Telle est la légende qui valut à Verlaine un succès fabuleux, mais un peu trop larmoyant.

Donc, bien tranchés, hostiles et en lutte, les groupes existent et s'affirment avec vigueur.

Le groupe Mallarmé se tiendra sur la réserve, à l'écart des luttes. Henri de Régnier et Vielé-Griffin, ses deux principales têtes, produiront divers recueils qui, réunis, formeront des volumes qui affirmeront leurs personnalités.

Henri de Régnier, plus près du Parnasse, écrit le vers pour la beauté du vers, et toutes ses licences consisteront à quelques dérogations à la césure et à faire des vers dits « libres », alexandrins allongés ou diminués. Quant aux idées, à la matière des poèmes, il se borne à « évoquer la légende, à l'instar de Wagner, brossant les mêmes somptueux décors et hantant l'ombre de silhouettes châtelaines ».

Vielé-Griffin, quoique poète de cette légende Wagnérienne entre plus souvent dans la nature et dans la vie, il prend les souffles touffus des émotions profondes, parfois étranges, avec un peu de barbarie atavique, en sa qualité d'Américain.

Son vers est libre, mélangeant les différents mètres, à la manière de Gustave Kahn, qui lui aussi, n'a pas sa vigueur, mais dont la mélodie est plus savante.

Gustave Kahn est un autre symboliste de son propre symbole. Son vers libre est savant, évoluant et souple, à période complexe, mais dont la caractéristique ne s'affirme pas assez. Assimilateur, le poète ;ubira des influences de lecture, de voyage, facilenent reconnaissables et dont ses préoccupations de onversation même dénonceront la source. Ses *'alais Nomade*, par exemple, se souviennent des ers de Gérard de Nerval et d'Henri Heine. L'on ut dire que c'est de l'art de ces deux poètes, et ut-être aussi de Catulle Mendès, que Kahn prend personnalité latente et hésitante.

D'autre part, Jean Moréas tenait École d'un diffé-t symbolisme... En lui, il y a du grammairien, vent maladroit. Sa recherche de rythmes est une staurations enfantine du vocabulaire du XIIIe siècle, placage de mots rares et démodés. Et cela, pour conter des dolences de preux, des Pages en gentillesse de Belles en leurs Castels, des minauderies de Cour d'Amour, telles qu'en son *Pèlerin passionné*, qui fut considéré comme un chef-d'œuvre.

Mallarmé, le chef de ces chefs d'Écoles, n'a pas donné même les prémices d'une œuvre, qu'il promit pendant longtemps. Il a *L'Après-Midi d'un Faune*, retouché depuis son départ du Parnasse, et où se trouve son beau poème *Hérodiade*. Il a aussi des poèmes en prose d'une réelle beauté et une série de conférences sur les poètes symbolistes, mais tout cela ne constitue pas une *Œuvre*.

Émile Verhaeren a publié aussi d'admirables poèmes où se trouve un lien qui vient de l'émotion totale, et qui affirme un talent vigoureux, d'une forme suggestive. Son talent, très évocateur, semble dériver des vieux maîtres peintres flamands.

Et le groupe, qui fut le plus nombreux à l'époque (*novembre 1891*) où Jules Huret établit son enquête, compte parmi les principaux et ceux qui devaient progresser et œuvrer : Georges Bonnamour et Gaston Mareillon, qui en collaboration, sous le nom de Gaston et Jules Couturat, produisirent *Le Songe d'une Nuit d'Été*, un poème de 300 pages, à la fois de rêve, d'actualité satirique, aristophanesque, mordant et délicieux, qui les posa de suite parmi les premiers noms de la génération. Ils publièrent aussi *Le Naufrage*, roman. Bonnamour seul devait publier plusieurs romans, sans dire adieu à la poésie. Puis, Albert Lanthoine, d'écriture savante et suave; Pierre Devoluy, Marcel Batilliat, tous écrivains qui se sont fait un nom et dont le talent et la notoriété grandiront encore.

* * *

Alors surgissent, au milieu de cette décomposition morale, les *Décadents* et les *Déliquescents*.

Expliquer la théorie de ces névrosés, énervés et artificieux, exigerait tout un travail, que nous ferons peut-être un jour. Nous nous bornerons donc à expliquer leurs imprécises théories, l'enchaînement des faits, leurs causes et effets, quitte à revenir sur leur signification profonde, sur leur adéquation ou leur antagonisme, avec les idées que nous défendons.

Le grand tort des décadents fut de préconiser l'exaspération nerveuse, la sensualité mystique, l'hallucination évocatoire, et de ne voir dans la vie que des *vasques d'or*, des *cygnes d'or*, des *fleurs d'or* et des *rêves d'or* naviguant dans des *orients de perles*, des *archipels de pourpre*, des *arcs-en-ciel de diamants décomposés*. Si nous affirmons que le poète doit rechercher les choses non encore exprimées pour les formuler en son esthétique personnelle, nous supposons que, sauf charlatanisme, il doit longuement méditer sur ces choses et les sentir ! Il ne faut pas qu'il dissimule son indigence de pensée dans une phraséologie baroque et dépourvue de connaissance.

La phraséologie fut, malheureusement, le but unique des décadents. Ils s'épuisèrent, en multiples efforts, à la recherche d'une forme outrée, torturée, qui visait plus à l'effet qu'à l'art. Ils prirent l'incohérence pour de l'originalité, et le myopisme déprimant amena leur décadence finale et prévue. Ils cherchèrent vainement des sensations, rejetant dédaigneusement l'idée-mère, se défendant de toute recherche scientifique et se privant volontairement des connaissances humaines.

* * *

Mallarmé fut la véritable pierre de touche des décadents. C'est chez lui qu'ils se réunissaient, et parmi les plus fervents, venus peu à peu, se trouvaient en outre, Jean Moréas, Charles Morice, Henri de Régnier, Vielé-Griffin, Charles Viguier, lequel tua en duel le romancier Robert Caze, qui l'avait attaqué dans un journal; Félix Fénéon, dilettante, très curieux sous sa froideur byronienne, lançant des *peintres impressionnistes*, dont il exposa si finement la technique; Edouard Dujardin, dont les vers furent les plus libres de tous, sans rythmes et sans rimes; puis Gustave Kahn.

Gustave Kahn, esprit développé, très assimilateur et très érudit, était le plus âgé de ceux qui vinrent là. Lui-même, c'est sous l'influence de Jules Laforgue qu'il se mit à écrire, vers 1887, des vers dits « libres » selon les mesures mêlées et les idées émises. Mais ce fut lui qui fixa ce qui en Jules Laforgue n'avait été qu'une fantaisie de poète, et il fit une apparition tumultueuse, d'abord par ses livres, ensuite dans les revues.

Jules Laforgue, qui devait mourir avant l'âge de trente ans, vint aussi quelque temps aux Mardis de Mallarmé, à son retour d'Allemagne, où il fut lecteur de l'impératrice. C'était un jeune homme d'aspect frêle, l'air très doux, de paroles rares.

Son premier et vraiment très original livre de vers « libres » à la manière de Gustave Kahn (et, nous le disons, il l'avait précédé en cette voie sans le donner en système) est *l'Imitation de Notre-Dame de la Lune*, suite de petits poèmes, où parmi une tendresse de ballade allemande, parfois funèbre, sentimentale, se mêlaient de l'humour anglais et de l'esprit français éclatant en déconcertantes fusées. Çà et là, dans les quelques fragments en prose et vers qu'il laissa, on remarque des pensées profondes, concises, d'un pessimisme spécial, tourmenté, navré, comme se riant à lui-même.

Chez Mallarmé arrivèrent en même temps un groupe de tempéraments divers réunis sur les mêmes bancs de collège, et qu'on ignorait. Ce groupe avait vécu, sans le connaître, tout près de Stéphane Mallarmé; c'étaient des rhétoriciens et philosophes du lycée Fontanes (depuis lycée Condorcet), où Mallarmé professait l'anglais. Là, des jeunes gens s'étaient réunis en même temps et pour aimer la poésie et pour s'y destiner. Presque tous, et à des titres divers, devaient percer par la suite, les uns arrivés à une notoriété, les autres, à l'existence littéraire : c'étaient Stuart Merril, américain avec des ancêtres français ; Ephraïm Mikhaël, Pierre Quillard, Rodolphe Darzens, Guillomet, René Ghil, Georges Vanor.

Mallarmé et Verlaine leur furent révélés à leur sortie du lycée par une conférence retentissante de Catulle Mendès, qui, saluant le triomphe du *Parnasse*, fut si aimable pour Mallarmé et Verlaine et aussi pour le somptueux prosateur, beau comme un grand poète : Villiers de l'Isle-Adam.

Par contre, il est amusant de citer les adorables hypocrisies de la critique d'alors, où, sous prétexte de respect dû à l'effort et au labeur, on ridiculise les décadents, quelquefois injustement, tout en considérant comme tels ceux qui ne le sont pas.

« Quelque respect que l'on ait pour tout ce qui est effort et labeur, dit M. Sutter Saumain dans *La Justice*, on ne peut que sourire en lisant cette prose qui, par un étrange assemblage de mots très français, atteint le sublime du baroque ! »

Edmond Deschaumes, disait dans *L'Evènement* :

« Ceci ne tombe que dans l'horreur d'un intraduisible galimatias. »

Henri Fouquier, dans le *XIXe Siècle*, s'indignait et ne craignait pas d'affirmer : « Drôlerie désormais connue, classée, dont il ne faut pas abuser, car il y a des talents qui se perdent dans une atmosphère de folie où les « blagueurs » finissent par se détraquer eux-mêmes, comme il arrive aux gardiens des aliénés. »

Francisque Sarcey, avec sa manière un peu ahurie, mais pas méchante, déclarait : « Tout ce que j'ai pu entendre de la *théorie instrumentale* de M. René Ghil, c'est que le *son* peut se traduire en couleur, et réciproquement de couleur en son ».

Or, ce n'était qu'accessoire dans la thèse de Ghil, laquelle repose sur la théorie des harmoniques selon Helmholtz, le savant allemand, et qui assimile voyelles et consonnes aux timbres des instruments dans la musique orchestrale...

Sarcey ajoutait :

« ...Cela veut dire, j'imagine, en langue humaine, que si un écrivain veut faire un effet, qui dans sa pensée correspond au son des harpes, il va chercher des mots où se rencontrent beaucoup d'*a* ! »

Elle est bien simpliste, cette explication du pauvre Sarcey. Elle est fausse en même temps : la théorie instrumentiste voulant, en cet exemple, l'accumulation des mots où la lettre *E* (et non *A*) se retrouve surtout. Elle doit même s'accompagner de consonnes spéciales.

Mais Sarcey ignorait « l'audition colorée » les expériences et les études sur les harmoniques de Helmholtz, et ne pouvait comprendre.

En novembre 1886, *Le Figaro*, en une reconnaissance presque officielle du mouvement littéraire releva les titres des plus remarquables revues existant alors : *La Revue Indépendante* ; *La Revue Wagnérienne*, dirigée par Edouard Dujardin ; *La Vogue*, dirigée par Gustave Kahn, et *Le Scapin*, dirigé par Valette.

M. Auguste Marcade ajoutait :

« Il est tant parlé de *décadents*, aujourd'hui, que le grand public pourrait souhaiter d'avoir sous les yeux les pièces de ce procès littéraire de la fin du XIXe siècle, et de juger en connaissance de cause.

Voici donc le dénombrement des principales publications où se formulent et sont pratiquées les théories de la nouvelle et remuante école, dont les prophètes sont MM. Stéphane Mallarmé, Paul Verlaine et René Ghil... »

Marcade concluait : « On voit que *l'École*, objet

de tant de débats, possède quelque vitalité et qu'elle tend à s'organiser pour le mieux. »

Il ne fut pas bon prophète.

*
* *

L'enthousiasme de René Ghil, en entrant chez Mallarmé, le mit au premier rang du combat, et il venait de publier son premier volume de vers : *Légendes d'Ames et de Sang.*

Ce livre portait en épigraphe cette phrase de Zola : « Nous sommes amants de la vie ».

C'était comme un salut adorateur à la vie, à sa synthèse, à la croyance scientifique.

C'est donc à travers Zola, que René Ghil sentit développer, exploser soudain, la pensée poétique latente en lui, et que, pour la pensée directrice, confuse encore, la théorie transformiste l'avait profondément remué et vivifié. Il en ressort que, chez lui, l'idée poétique ne fut jamais séparée, même dans ses débuts, de la théorie scientifique, comme vraie base de l'émotion devant la nature et la vie.

En la préface de son livre, il saluait Balzac, Zola, Flaubert, Goncourt. Il les saluait à la façon antique, en les admirant.

Après avoir énuméré les titres des livres qu'il devait mettre à jour pour les harmoniser avec son *Œuvre-Une*, il s'empressa de répudier, aussi haut que depuis, les « recueils de vers » pour n'admettre que l'œuvre capitale de l'artiste. Et il termine ainsi, avec quelque audace : « Le livre donné n'est qu'un programme ».

Au moment de la publication des *Légendes d'Ames et de Sang*, René Ghil était ce qu'il y avait de plus inconnu. Il n'avait jamais mis les pieds dans les Cénacles qui s'agitaient si bruyamment alors à Montmartre et sur la rive gauche. Il s'était borné à travailler dans l'ombre, n'écrivant en aucune feuille ou revue, se consacrant tout à la pensée de son *Œuvre*. Dès l'apparition de son livre, on le discuta avec passion, et Mallarmé lui-même l'invita à ses soirées et le félicita.

Mallarmé était à ce moment le maître triomphant, acclamé, effaçant même Verlaine, dont le sentiment était exquisement mélodique, mais qui ne présentait pas le contentement en vue de la pensée directrice et des théories se faisant jour.

Mallarmé lui avait écrit :

.... « Peu d'œuvres jeunes sont le fait d'un esprit qui ait été autant que le vôtre de l'avant. Ce que je loue avant tout, ce que fera quelqu'un (qui ? vous peut-être), c'est cette tentative de poser dès le début de la vie, la première assise d'un travail dont l'architecture est sue aujourd'hui de vous ; et de ne point dire (fût-ce des merveilles) au hasard.

« Il y a lieu de s'intéresser énormément à votre effort d'orchestration écrite.... Vous êtes un de ceux de qui certainement notre art doit beaucoup attendre. »

(Lettre de Mallarmé, 7 mars 1885.)

Cette lettre fut, comme bien l'on pense, un nectar délicieux et grisant pour le jeune débutant, hier encore inconnu et hésitant.

A partir de ce jour, les revues s'ouvrent à lui toutes grandes et quelques-unes même le sollicitent.

Le Scapin, qui dura deux années environ, publia de lui quatre ou cinq sonnets, les seuls qu'il ait faits, du reste. Ajoutons qu'ils étaient très mauvais, très obscurs, sans la raison de profondeur de pensée, et où, trop vite, il arrivait à un style synthétique qui n'était pas celui dont il portait en lui le sens, trouvant la langue française analytique à l'excès, pleine de conjonctions inutiles, diluantes, et ne servant pas toujours la finesse de la pensée.

Au reste, l'influence de Mallarmé se faisait un peu sentir chez lui.

Néanmoins, il travaillait ferme, écrivant déjà la théorie d' « expression formiste » qu'il rêvait, et qu'il portait en lui comme un fruit mûrissant sur l'arbre. Il en donnait une sorte de canevas à une petite revue de Bruxelles, revue toute jeune, exubérante, d'enthousiasme violent : *La Basoche*, sous le titre distinctif : *Traité du Verbe.*

Ce canevas remanié reparu de nouveau dans une revue de Paris : *La Pléiade*, que venait de fonder Rodolphe Darzens et Mikhaël, tous deux quelque peu groupés autour de Catulle Mendès.

Enfin, le *Traité du Verbe* paru en brochure en janvier 1886. Il était purement théorique de sa technique de vers, qu'il appelait déjà : *Théorie de l'instrumentation verbale*, introduisant en littérature cette expression précise.

Quelques pages étaient consacrées au *Symbole*, qui était la théorie de Mallarmé, qui fut le véritable apôtre du mouvement symboliste.

René Ghil devait, dès 1887, combattre les symbolismes de Mallarmé, Jean Moréas et Gustave Kahn. Il démontra que le symbolisme n'était pas un système, mais plutôt une manière de penser, une forme synthétique de la comparaison par images entre les choses considérées d'après leurs similitudes, — ce qui est essentiellement le symbole.

Ainsi, pour nous, le symbole est comme l'essence de la poésie en général, telle quelle est comprise communément, en tous lieux et en toutes langues, et surtout peut-être aux poésies de l'Orient. Vouloir en faire un système particulier était donc antihistorique, illogique et ridicule.

Des centaines de journaux d'alors attestent l'émoi extraordinaire et vraiment inattendu que suscita l'apparition du *Traité du Verbe*. Ce fut un torrent de rires, d'injures, d'exaspérations navrées, de cris de terreur de voir ainsi menacer « la simple et claire langue française ». En même temps que des insultes, Ghil était acclamé par la jeunesse d'alors, qui, dans un élan d'enthousiasme s'en fit comme un drapeau de révolution.

Et tout cela était sincère, car c'étaient de charmants jeunes gens, tout entiers à l'art, des cœurs vibrants, sans calculs, sans compromissions, ne voulant rien de personne, frappant parfois un peu à tort et à travers, mais toujours loyaux. Ce n'est que plus tard que d'aucuns se reprendront en apprenant à saluer les *Puissants*, qui ne sont pas toujours des hommes de valeur et de caractère.

Ghil se réveillait donc un beau matin, salué férocement par une presse ameutée, de « chef, pontife des décadents. » Il eut des chroniques de Sarcey et ce fut alors du délire, la gloire !!!

Le mot *décadent* était consacré, ce mot vide de sens avait été, paraît-il, appliqué par Jules Lemaître, qui déclarait avoir trouvé le vocable.

En tout cas il fit fortune, et il fallut plusieurs années à René Ghil pour se délivrer de ce qualificatif, qui, ô logique journalistique, recouvraît justement la marchandise de ceux qu'il combattait.

Il est vrai qu'un instant, unis encore tous, un peu avant de se séparer et de se combattre, les jeunes relevèrent le mot... Comme en 1566, les confédérés des Pays-Bas révoltés contre l'inquisition et traités de « gueux », avaient relevé orgueilleusement l'injure en s'en parant — de même, d'aucuns s'amusèrent à se parer du titre de *décadents*.

Il y eut même un journal qui s'appelait *Le Décadent*, imprimé par leur propre directeur, un ancien instituteur nommé Baju, journal où les plus en vue,

Mallarmé, Kahn, Verlaine, Régnier, Griffin, Ghil, Merril collaborèrent. Ils étaient tous bien renseignés sur l'art et de parfaite bonne foi. Mais le plus bizarre, ce fut de voir des chroniqueurs cotés mettre parfois le pauvre Baju en même ligne que Mallarmé et Verlaine.

*
* *

Des divergences se produisant dans le sein de la masse des symbolistes, on sent que la lutte va se déplacer et que forcément vont surgir de nouveaux chefs d'Écoles.

Au symbolisme de Mallarmé, conception générale de penser avec un procédé d'écriture synthétique appartenant à des soucis de syntaxe, Jean Moréas oppose un symbolisme nouveau. Et ce n'est plus, perdant en grandeur, qu'un procédé d'images et d'allégories, de comparaisons, bien qu'il en expose la formule.

Son manifeste paraît au *Figaro* en septembre 1886. L'un des adeptes définira ainsi le sens du symbole nouveau : « c'est une comparaison dont on à supprimé la relation » !

Le Scapin (octobre 1886) se déclare contre Moréas, « qui n'est guère taillé pour être un chef d'École. L'enseigne de la littérature nouvelle serait bien plutôt M. René Ghil « l'auteur si attaqué des *Légendes d'Ames et de Sang*, et qui nous donnait hier le *Traité du Verbe*, le plus sincère et le plus vrai manifeste des poètes de demain. »

Mais un article violent de *Lutèce*, dénonce qu'une petite révolution vient d'avoir lieu au *Décadent* : son directeur-imprimeur vient d'être circonvenu par Gustave Kahn et Moréas. Ce mouvement est surtout contre Mallarmé, Ghil, et aussi Verlaine, qui non théoricien, semble un instant céder du terrain.

Or, un jeune homme, M. Gaston Dubedat, musicien technique très distingué et très original, mais n'écrivant pas, vint trouver Ghil pour lui offrir de fonder une Revue soutenant la théorie émise dans le *Traité du Verbe*.

Ghil accepte, et la Revue eut pour titre : ECRITS POUR L'ART.

Il faut remarquer que la première édition du

Traité du Verbe ne formulait que la théorie formiste: « L'instrumentation verbale » et que Ghil n'était peut-être pas encore en mesure de formuler la partie philosophique, qui est en somme une philosophie du transformisme, avec cette idée que le célèbre « struggle for life » n'est considéré, non comme un but, mais comme un moyen pour une harmonie évolutive meilleure.

Ghil lui propose de défendre Mallarmé, et lui dit en substance : « Mallarmé est attaqué et l'on semble s'emparer de sa conception du symbole tout en le dénigrant. Or, appelons le groupe que nous allons réunir autour de notre revue : *Groupe Symboliste Instrumentiste.*

Ainsi fut fait.

Ce groupe compta comme adeptes: Stuart-Mérril, Henri de Régnier, Vielé-Griffin, Émile Verhaeren, et quelques autres.

René Ghil donne en Mai 1887, une seconde édition de son *Traité du Verbe,* avec tous les rapports scientifiques, corroborant sa première intuition, apports sur lesquels se base la théorie instrumentiste avec quelques rectifications la précisant.

Or, son affirmation, toute scientifique en cette édition, semble déplaire à plusieurs, lesquels se dégagent de lui, pour aller au symbolisme ou pour en créer des variations personnelles.

La musique « harmonique », qu'il veut exprimer, ne peut l'être que par des livres déduits logiquement — et cela aussi éloigne.

Il est clair que Henri de Régnier et Griffin vont se séparer de la Revue, ce qui serait un détail, si son fondateur ne tombait malade, pour aller en province, où il succomba, plus tard, laissant à tous le souvenir d'un esprit très noble et d'un brave cœur.

La Revue tomba en juillet 1887.

Entre temps, le groupe reçoit l'hospitalité en Belgique, à Liège, devenu un petit centre d'agitation littéraire en lutte contre le Parnassisme d'un autre centre à Bruxelles, à la *Jeune Belgique*. C'est la Revue appelée la *Wallonnie* qui les reçoit. Ce fut là le premier fait qui devait étroitement lier par la suite la Belgique littéraire au mouvement symboliste de Paris.

Mais, à Paris, *Le Décadent, La Vogue, La Revue Indépendante*, prennent position contre Ghil et son groupe.

En mars 1888, Ghil termine et publie le *Traité du Verbe* complet... Il contient cette fois, outre « l'instrumentation » encore plus précisée, devenue définitive, la partie Idée-directrice, la philosophie qui sera dite « Evolutive »... C'est cette philosophie que comporte son œuvre, dont le plan fut donné et développé par lui à diverses reprises.

A la suite de cette publication et du bruit nouveau qu'elle suscite, Gaston Dubedat, toujours malade, mais toujours dévoué, fait un dernier effort : les *Ecrits pour l'Art* reparaissent en novembre 1888 et dureront jusqu'en 1893.

Cette fois, les *Écrits pour l'Art* rejettent la provisoire notion du « symbolisme » accepté par le groupe en 1887, par respect et admiration pour Mallarmé.

La rédaction accepte le *Traité du Verbe* entièrement, tel qu'il vient de paraître, et le groupe se dénomme : Instrumentiste-philosophique, et peu de temps après : « Instrumentiste-évolutiste ».

Le groupe se composa de 9 à 10 poètes, et seuls Stuart-Merrill, Emile Verhaeren, Kahn demeurèrent de ceux qui firent partie de la première série.

Georges Montorgueil, parlant dans *l'Eclair*, des *Ecrits pour l'Art*, dit : « Revue de haut style, par des artistes de lettres. A la tête de cette publication, que l'observateur du mouvement littéraire n'a pas le droit d'ignorer, est M. René Ghil, dont l'influence sur la poésie moderne est indéniable. »

En même temps Moréas, Kahn et quelques autres combattent au nom de divers « symbolismes » et dédaignent celui de Mallarmé. Ils s'unissent, avec un ensemble digne d'orchestration, contre le groupe des *Ecrits pour l'Art*.

De son côté, la presse continue à n'y rien voir, à n'y rien comprendre, et abandonnant maintenant la qualification de : *décadents*, met tout le monde sous la dénomination de : symbolistes !

Henry Fouquier, dans *l'Echo de Paris*, éreinte pourtant à point le « groupe instrumentiste évolutiste ». Entre temps, M. Brunetière conte gravement que les *Ecrits pour l'Art* sont... un livre de Ghil.

Ce fut un éclat de rire général.

*
* *

Au milieu du désarroi, quelques groupes littéraires se fondent, ainsi que quelques Cénacles, mais ni les uns ni les autres ne firent évoluer la littérature d'un iota.

Les Cénacles furent des attroupements : On semblait vouloir donner à l'Art une preuve d'admiration frénétique, alors qu'on ne pouvait y donner des preuves tangibles de son savoir. On ne s'y réunissait pas pour y affirmer une idée, défier en commun des obstacles, mais pour faire constater une puissance numérique.

Ces Cénacles, qui semblèrent créés pour effacer les personnalités et étouffer les initiatives, sont l'antipode des groupements sérieux où les individus ont besoin de se communiquer leurs espérances, d'échanger leurs idées, en vue de l'approbation qui soutient, du conseil qui encourage pour les résolutions communes.

Depuis la grande génération de 1830, la fièvre des Cénacles esthétiques sévissait avec une évidente aberration dans tous les camps littéraires. Elle devint un sport, où les adeptes, poussant l'exaltation jusqu'à l'admiration outrée, cette forme de la platitude, s'attachaient drolatiquement aux personnalités et fort dédaigneusement aux idées. En cette galère, ou en ces galères, la congratulation et la courtisanerie devinrent des titres littéraires pour les éphèbes prétentieux, qui s'escrimaient à faire accroire, avec un sérieux grotesque, que nul ne pouvait avoir du talent, à part eux et leurs amis.

Les pontifes, à leur tour, pour maintenir leur popularité, rabaissaient leurs rivaux avec des joies mahométanes; ils les dénigraient, descendant parfois dans les bas-fonds de la calomnie la plus dégradante. La vérité, le talent, le génie même, étaient bafoués par ces pions sournois, s'attribuant le monopole absolu et exclusif de l'art.

Les Cénacles succédaient aux cénacles avec une rapidité vraiment amusante. Tous destinés, du reste, à tomber sous les mêmes procédés de destruction. Aussi, il ne reste plus rien de ces longues luttes dans le vide, les Cénacles dégringolant toujours avec les circonstances qui les font naître.

Cette génération fut effectivement incapable de concepts d'art, puisqu'elle fut obligée d'emprunter à l'artificiel ses couleurs et ses expressions. Elle ne fut que la période transitoire du déclin d'un monde fini, devant faire place au renouveau social qui se dresse sur les ruines avilissantes.

Dans la trouée des horizons larges, cette génération maladive, usée par la fébrilité aiguë, laissa dans le sang de celle qui lui succéda, un frisson nerveux splcenique, qui imprima aux œuvres poétiques de celles-ci l'apparence des fleurs débiles poussées en pleine serre.

C'est sous les influences multiples de cette génération, épuisée en naissant, que se fondèrent cette cohue de Cénacles autant rigolâtreux les uns que les autres, et qui furent le prodrome du décadentisme.

Vers 1883, pour ne pas remonter plus haut, ce furent les *Zutistes*, dont le chef de file était Charles Cros, poète de talent, auteur du *Coffret de Santal*, mais dont la poésie traînait un peu trop les carrefours.

Ils étaient là quelques douzaines de jeunes farceurs aux allures truculentes, essayant de prendre l'excentricité, le paradoxe et l'incohérence pour du grand Art. Ils innovèrent la *Chanson Zutiste*, qui précèda la *Chanson fin de siècle* et la *Chanson rosse*, qui sont moins des genres littéraires que des accidents... cérébraux.

Un club littéraire, dont avait été membres, Jean Richepin, Émile Goudeau, Maurice Bouchor, Félicien Champsaur, etc., etc., s'appelait « *Les Hydropates* ». Ce titre, à l'étymologie plaisante, fit d'abord sourire, ensuite douter : Voulait-on dire, par hydropathe, que l'on souffrait par l'eau ? Entendait-on qu'on ne l'aimait pas, ou qu'on l'adorait ?

Ce club sombrant, un nouveau s'éleva sur ses ruines, dont l'enseigne n'en fut pas moins bizarre : *Les Hirsutes*.

Au nombre des membres de ce club, on vit, entre autres, les noms de Trézenick, de Jules Jouy, le chansonnier qui allait, par la suite, s'illustrer au *Chat Noir*, Emile Goudeau, que rendait célèbre alors son beau poème : *La Revanche des Bêtes et des Fleurs*, et, enfin, le fumiste Sapeck, qui ne se fit guère connaître que par ses farces, nombreuses et amusantes.

Les « Hirsutes » s'illustrèrent encore de la présence de Maurice Rollinat, qui venait de publier *Les Névroses*, et d'un coup, en quelques jours, se trouva couvert d'une gloire dont tout le reste littéraire fut ébloui. Il fut prôné par le *Figaro*, qui le saluait comme le poète devant synthétiser la fin du siècle. Il fut tellement ébloui de ce concert d'éloges que son talent, si peu personnel, mourut subitement.

Son livre, issu de ce que contient de macabre le le livre de Baudelaire, les *Fleurs du mal*, était, pour une grande partie artificiel, outré. Mais, à une heure où il n'y avait plus de littérature, de force, de vigueur débordante qu'en Richepin, le truculent auteur de la

Chanson des Gueux, le livre de Rollinat fit comme une impression extraordinaire de puissance.

Cependant, bien que Maurice Rollinat dût monter au zénith d'un coup et disparaître presque aussi vite, quand on fut revenu de la surprise, l'on remarqua qu'il fut pour une part le protagoniste d'un courant qui, dispersé aussi, laissa pourtant des traces çà et là, même dans le plus fort épanouissement du mouvement symboliste. Il rappela violemment à l'étude de Baudelaire, — et ses étrangetés, certains sentiments d'exception, maladivement interprétés, furent immédiatement captés par ceux qui venaient, les jeunes.

C'est un peu de là — si ce n'est beaucoup — et du livre de *Sagesse* de Verlaine, que devait naître cette étrange floraison du mysticisme, qui fut aussi un peu *démoniaque*, où la chair fut adorée parmi des fumées d'encens, et devant aboutir à la *messe noire*. Ce mysticisme continua de s'élargir dans l'occultisme, le spiritisme, l'insenséisme, qui sévissent encore à l'heure actuelle, de manière vague, latente, anémique, pour empoisonner de leur puissance la génération sociale qui se dresse pour l'Idée.

*
* *

A ce moment, le mouvement littéraire se traînait dans deux ornières : D'un côté, les symbolistes; de l'autre, les fumistes du *Chat Noir*, arrivistes invétérés, dont l'art ne visait qu'au négoce, lorsqu'ils daignaient sortir de la parodie et du puffisme. Avec *Les Taches d'Encre* de Maurice Barrès, c'était à peu près tout le mouvement littéraire de l'époque.

Ces plumigères, abstraction faite des véritables écrivains du *cru*, ne s'occupaient guère que de chanter les robes de leurs cousines ou les beaux yeux de leurs maîtresses. Aussi cette génération put bien faire quelque bruit — le bruit, en physique, n'est produit que par le vide — mais elle ne fit rien pour le mouvement littéraire français.

A une si écumante animation, il fallait un mouvement puissant, afin de créer un dérivatif au bouillonnant courant des intelligences, et surtout des rénovations d'Art, que d'autres, trop tôt venus, avaient été impuissants à créer.

Ce fut l'heure que choisit Léon Deschamps pour

lancer *La Plume*. On était alors en pleine période politique, au moment où se livraient les fameuses luttes ʒ'éroïques du Boulangisme.

Cette Revue (artistique, littéraire et sociale) répondant à une nécessité, comblant une lacune, eut la chance, dès son apparition, de captiver l'attention générale. Elle en profita pour réunir en un faisceau compact les forces éparses de la jeune littérature, abandonnées par les Parnassiens et les Décadents, qui venaient de donner ouvertement la mesure de leur impuissance. Léon Deschamps eut le grand mérite d'encadrer, dans un élan de sympathique solidarité, toutes ces forces variées et si disparates. On voyait là, Paul Verlaine, Stéphane Mallarmé, Laurent Tailhade, Jean Moréas, Camille Lemonnier, F.A. Cazals, Gabriel Montoya, Han Ryner, Eugène Lemercier, Xavier Privas, Jacques Ferny, André Veidaux, Raymond de la Tailhède, Adolphe Retté, Paul Roinard, Alphonse Germain, Charles Morice, Rachilde, Gabriel Vicaire, Félix Fénéon, Paul Adam, Pierre Loüys, Stuart Merrill, Charles Maurras, Alcanter de Brahm, Louis Le Cardonnel et cinquante autres qui, presque tous arrivés, occupent maintenant de brillantes situations.

La Plume édita, en outre, les œuvres de ses collaborateurs, et fit des éditions de luxe qui furent très remarquées.

C'est pour répondre à de nouveaux besoins, à des demandes nombreuses, que Léon Deschamps créa les *Soirées de La Plume,* qui eurent un tel retentissement.

A ce moment, le café-concert était en pleine vogue, et la tentative, à part la question d'art, pouvait paraître périlleuse. Aussi, les pontifes de la critique, y compris les rigolos de la claque littératurière, firent-ils un accueil peu chaleureux à ces soirées, prévoyant un échec. Pensez donc, les poètes de *La Plume* émettaient l'étrange prétention de donner au public des œuvres de formes, belles et plus appropriées aux choses du grand art ! Ce fut un tolle. On qualifia ces *Soirées* de groupement révolutionnaire, de centre d'anarchie, et malgré les accusations, inspirées par la mauvaise foi, les *Soirées de La Plume* furent très suivies. Elles le furent à un point que la grande critique dut sortir de son silence coupable, pour venir saluer, au milieu des acclamations publiques, la nouvelle levée de boucliers. Ce fut le plus beau triomphe.

Malheureusement, la mort de Léon Deschamps arrêta subitement l'essor vertigineux de ces soirées.

La Plume, par suite de sa mort, demeura quelque temps sans directeur, et les mécontents, favorisés en sous-main par les pieuvres du café-concert, en profitèrent pour susciter des divisions, qui firent suspendre les *Soirées de La Plume*.

Parallèlement à *La Plume*, *Le Mercure de France*, sous la direction habile de Valette, prit une importance considérable avec Rémy de Gourmont, Rachilde, Jules de Gaultier, Henri Mazel, Louis Le Cardonnel, Charles Morice, etc., etc.

* * *

Ce n'est que vers 1889, que le rôle du symbolisme se dessina clairement et se caractérisa.

A cette époque, le vocable *décadent* se démodait : il n'avait été qu'un mot de mépris facile inventé par l'on ne sait qui, et que le pauvre Anatole Baju, en sa touchante naïveté, lorsqu'il venait de découvrir Baudelaire, avait arboré comme titre d'un journal qui, un peu plus encore, avait fait le chaos parmi la genèse des Ecoles en lutte déjà.

Le symbolisme de Stéphane Mallarmé avait son dogme et ses fidèles ; Jean Moréas argumentait l'Ecole Romane ; Henri de Régnier, Laurent Tailhade, Stuart Merrill et quelques autres se démenaient en faveur de cette Ecole, tout en lui imprimant une déviation ; Gustave Kahn, dissident, émettait ouvertement une définition très personnelle du symbolisme, sans le déserter, cependant ; Verlaine avait son Ecole, qu'on taxait absurdement de *décadente*, encore qu'elle fût le vrai centre de ralliement des symbolistes.

Enfin, René Ghil avait émis intégralement ses théories techniques d' « instrumentation verbale » et les principes d'une « philosophie évolutive ». Ce dernier surtout lutta crânement contre les restes décadents et même contre divers groupements symbolistes. Il exposa ses théories dans les *Ecrits pour l'Art*, et plus tard, en ses pages de critiques.

Ce mouvement, on le voit, fut intense et tumultueux.

Mais un épilogue inattendu lui fut donné par l'Académie Française, il y a quelques années, comme s'il était dit que tout ce qui touche à cette si complexe manifestation d'art dût être dénaturé.

L'Académie décernait, en 1897, le prix à un volume de vers dont l'auteur, M. Gregh, ne dut une notoriété de quelques heures qu'à une méprise amusante d'un critique mal informé. Ce critique, célèbre pour avoir été malmené par Emile Zola, avait pris pour des vers de Paul Verlaine un poème de Fernand Gregh, et cela, paraît-il, parce qu'il comportait des vers de 11 ou de 13 syllabes, grave infraction aux règles de la prosodie classique, mais que pardonnent certains très habiles *conservateurs* du passé, pour condamner d'autant mieux les logiques et nécessaires innovations.

Ce poème était, d'ailleurs, assez bien, comme le fut aussi dans son ensemble le recueil de poèmes détachés que l'Académie consacra de ses suffrages !

Mais l'Académie crut bon de voir, sincèrement ou non, en ce recueil, un exemple transcendant des « audaces poétiques » qui marquèrent le mouvement général du symbolisme et dressèrent ses personnalités. Personnalités, entre parenthèse, parmi lesquelles n'était pas M. Gregh, qui ne prit pas part à ce mouvement, et n'en fut d'aucune manière, car la rare vocation dont parla en cette occurrence M. Sully Prudhomme, ne fut qu'une vocation très ordinaire.

M. Sully Prudhomme prit soin, en l'occasion, de donner une publicité aggravante à ce fait-divers littéraire, dont nul ne s'inquiétait, que pour en sourire. Ecoutons-le :

« Nous sommes tous fidèles à la poétique traditionnelle telle que nous l'avons reçue des maîtres, nos contemporains.

Nous nous sommes trouvés dans la pénible alternative de laisser seul sans récompense un jeune talent marqué d'une rare vocation ou, s'il était récompensé, de paraître sanctionner, avec ce que nous approuvions, des innovations très discutables (je les juge, quant à moi, inadmissibles).

Un moyen terme s'offrait : récompenser l'ouvrage selon sa supériorité relative, mais sous la réserve la plus expresse du sentiment de l'Académie touchant les infractions à la poétique traditionnelle, réserve qui sera formellement consignée dans le rapport général du secrétaire perpétuel. »

M. Sully Prudhomme, qui ne se montre que Prudhomme dans ce cas-là, sans être le moindrement Sully, parut autrefois faire preuve d'un sentiment moins étroit dans la question, n'ignorant pas que l'idée en tout et partout, entraîne logiquement avec elle de nouvelles règles de la forme ! Il fut même un temps où il reconnut l'importance et la nécessité de la théorie libre du vers brisé !....

Mais cet incident académique montra péremptoirement combien l'éducation littéraire moderne est faite de surface, et détermina les vrais lettrés à débrouiller le chaos des idées et des formes nouvelles pour développer les courants dont les totalisations formeront les bases du symbolisme.

L'on demeure encore stupéfait des incompréhensions et des grossièretés de la critique, qui ne fut jamais impartiale à l'égard de cette École. L'opposition ne discuta jamais que sur les qualificatifs de *décadents*, qu'elle appliquait elle-même à toutes les tendances poétiques qui se faisaient jour.

Et lorsque quelques-uns tentèrent d'élargir le débat, de discuter contradictoirement les théories, ils ne firent que des questions de formes, comme si dans un mouvement littéraire les idées n'avait aucune importance et n'étaient qu'un prétexte à faire des vers révolutionnant les vieilles règles ! Ce fut une désillusion et le symbolisme montra le défaut de la cuirasse.

Il est juste pourtant de dire tout de suite, que ce n'est guère qu'en une seule École (puisqu'on employa ce mot) où le novateur fournit des idées et une philosophie.

Il démontra que sa forme nouvelle, son expression verbale, n'était que la résultante de ses idées.

M. Jules Huret, dans son *Enquête littéraire*, donna publiquement acte de la vérité de cette unique préoccupation, de l'idée et d'une philosophie :

« M. René Ghil, dit-il, me donne un complet exposé de sa méthode, que son développement ne me permet pas d'insérer. Elle se divise en deux parties, une *Philosophie évolutive* et une théorie de *l'instrumentation poétique* ou *l'instrumentation verbale*. Cette seconde partie se rapporte plus exactement à la conception de la forme poétique et de la technique du vers selon M. Ghil. *Elle entre donc mieux dans le cadre de mon enquête* .»

M. Jules Huret donne ici une idée précise de la théorie évolutive, bien qu'il n'eût pas à entrer dans les détails de la méthode, des idées directrices et des développements, qui sont le complément indispensable.

M. Jules Claretie, dont l'attention sympathique et

la largeur indulgente sont parfois bizarres, disait en juin 1891, dans *l'Echo de Paris*:

« Je suis très curieux de tout ce qui est nouveau, et je suis avec d'autant plus d'attention qu'il m'est possible, le mouvement qui emporte les générations nouvelles... Il y a dans ces publications (les Revues militantes de tous les groupes) une telle vivacité de ton que cela me rajeunit de voir ainsi les jeunes monter à l'assaut et sonner de l'olifant...»

C'est spirituellement dit et logiquement rendu.

* * *

En plus du souci de pure littérature, quelques-uns des décadents eurent des préoccupations sociologiques, comme Rosny et Paul Adam.

Dans la presse, les injures et l'incompétence triomphaient. Cependant, çà et là, paraissaient des articles de bonne foi, au *Gaulois*, par Émile Michelet, poète lui-même et d'esprit très cultivé ; à *La Bataille*, par Camille de Sainte-Croix, critique fort apprécié ; au *Courrier Français*, qui donna les portraits et les biographies des jeunes poètes. On pourrait citer encore Anatole France, qui fut un peu partial et qui n'a pas lu, semble-t-il, mais qui, au moins, ne trancha pas la difficulté par une négation. Jules Lemaître divaguait admirablement ; Brunetière lui-même essaya de s'y reconnaître, sans y parvenir.

En province, certains journaux s'ouvrent à des exposés de doctrine, par exemple Marcel Batilliat, par la théorie évolutionniste, d'autres encore publient des extraits et font du bruit autour des théories symbolistes.

La presse étrangère se montre davantage sympathique et plus informée. En Italie, Vittorio Pica écrivit de longues études, très favorables, sur Mallarmé, Verlaine, Griffin, Ghil et Régnier. Xavier de Carvalho fait connaître les symbolistes du Portugal, avec un zèle et une conscience charmants, aidés d'une rare compréhension.

En Belgique, *Le Journal de Gand* publie des études sur les Écoles poétiques françaises, et se montre favorable aux symbolistes.

Le Journal de Bruges et *La Revue des Sciences et des Arts* donnent aussi des études très documentées sur le symbolisme et l'audition colorée.

C'est sous l'influence de cet esprit littéraire que se produisit en Portugal le mouvement poétique d'Eugenio de Castro et d'Antonio d'Oliviera, et qu'il se manifesta jusqu'au Brésil et à Rio-de-Janeiro.

Entre temps, un fait significatif se produit : Sully Prudhomme publie un petit volume sous le titre : *Réflexions sur l'Art des Vers*, volume ni chèvre ni chou, mais plutôt hostile aux nouveaux poètes. C'est l'abomination des modernes, des bourrades un peu dédaigneuses aux symbolistes, la haine de tout ce qui n'est pas Parnassien. Sully Prudhomme complète ce pamphlet par son *Testament Poétique*.

A ce moment, la dénomination de *symboliste* tend à s'effacer. On la discute et elle devient encore plus vague, plus obscure, avec des significations moins nettes — car elles ne figurent jamais.

En signe de réaction générale, le mouvement symboliste fut surtout contre le *Parnasse* et aussi contre *l'Ecole Naturaliste*, car ce mot « idéaliste » s'appliquait merveilleusement à la plupart des symbolistes.

Au besoin, cette dénomination de « poètes idéalistes » ira, sous l'influence du succès de Verlaine, jusqu'au mysticisme, au néo-catholicisme, à l'occultisme — et alors, cette fois, nous avouerons que c'est la décadence. Nulle vigueur en les cerveaux atteints d'anémie cérébrale, pas de personnalités, mais des symptômes caractérisés et très adéquats à la décomposition sociale qu'on est forcé de constater.

Plusieurs rapprochements eurent lieu entre les diverses Ecoles, sans pouvoir aboutir.

La première tentative se manifesta au banquet offert à Paul Verlaine, ensuite à celui offert à Jean Moréas, à propos de son *Pèlerin passionné*.

Le banquet de Moréas fut présidé par Mallarmé qui y déploya tout son esprit enchanteur. O ironie et doux oubli; ce fut le soir de sa gloire, et, en même temps, sa chute.... poétique. On s'aperçut, ouvertement, cette fois, qu'il n'y avait chez le poète rien que des rythmes ordinaires et de la marqueterie des mots. L'auteur du *manifeste symboliste* fut bien et impartialement jugé.

Et les banquets se suivirent, tout en se ressemblant tous.

A celui offert à Mallarmé, une dernière tentative fût faite pour amener l'entente, en présence des difficultés qui surgissaient; ce fut inutile et cette fois, un sentiment de dégoût se dévoila chez les symbolistes, dernier avortement aux espérances qui faisaient la base de leurs systèmes.

Certes, le symbolisme a eu des résultats quant à la langue, en ce qui concerne le rythme qui, sans briser le moule rigide et précieux du Parnasse, l'avait élargi, assoupli, rendu vivant et frissonnant, quant à la syntaxe qui était devenue, par leur fait, et jusqu'en la prose, plus savante, l'idée gouvernant davantage la forme. Mais ce fut tout.

Un dernier banquet se fit autour de Catulle Mendès...

Ainsi, ceux qui étaient partis en guerre de réaction (piètre idéal!); ceux qui répudièrent le Parnasse revenaient, après leurs efforts, constater leur arrivée vers Catulle Mendès, fondateur du Parnasse.

Par ce fait seul, le mouvement symboliste pourrait être jugé. Il démontre qu'au point de vue de l'évolution générale de la pensée, il n'avait rien produit et ne pouvait rien produire. Il fut un avortement total.

Il est vrai que trois noms arrivèrent au succès officiel : Verlaine, que la mort, qui fait rentrer dans l'ombre les erreurs, a couronné pour *la Bonne Chanson*, *Fêtes Galantes*, *Jadis et Naguère*, volumes empreints d'un sentiment exquis de tendresse mélancolique. Malgré tout ce que diront d'imprudents admirateurs, Verlaine, vers la fin de sa vie ne donna guère que du galimatias ou les déchets de ses premiers vers, — admirables.

Verlaine était à ses débuts un mélange de Musset et de Baudelaire; de Musset, il avait la grâce naïve; de Baudelaire, le sentiment de l'étrange, avec, en plus, les vices de tous les deux et un formidable mépris pour l'idée. Il détonna à ses débuts parmi les *Parnassiens* et il détonna au déclin de son talent, parmi les symbolistes, auxquels il n'apporta guère que les restes usés de sa muse malade.

C'était un étrange composé : il fut à la fois croyant comme un enfant, ahuri comme un moine illettré, tendre et candide comme un amant d'Elvire ; passionné pour les mauvaises actions, adorant les vices, hantant sans dégoût les cabarets les plus ignobles. Verlaine vulgarisa le vers libéré et considéra le symbole comme l'équivalent de synthèse; et dans ses vers allégorisés, il y a de l'assonance, de la curiosité rythmique, mais surtout un souvenir de mépris de la pensée et de la puissance.

De même pour Henri de Régnier et Francis Vielé-Griffin, tous deux décorés de la Légion d'honneur.

On peut citer aussi Gustave Kahn, qui fut appelé

à jouir des mêmes récompenses et dont la situation littéraire se dessine clairement.

Henri de Régnier était allié à M. de Hérédia, et qui sait, si le jour où l'Académie lui ouvrira ses portes, M. Paul Bourget ne protestera pas comme si la révolution y entrait ?...

Henri de Régnier est un poète de grande valeur, seulement — et c'est beaucoup ! — il a vraiment, avec les premières œuvres de Prudhomme et de Hérédia, une illustre parenté.

Quant aux nouveaux jeunes, rien ne se précise encore et rien ne se dessine, sinon une grande véléité maladroite de nouvelle réaction et de prétentions ridicules.

L'exagération symboliste peut se résumer ainsi : « Que la poésie soit imprécise et sans psychologie ! Jonglons avec la nature et le sentiment, sans nous préoccuper de l'idée !... »

Or cette théorie est absolument contraire aux tendances de la poésie moderne, laquelle apporte une synthèse morale détrônant les doutes dans les esprits, pour dégager la société des mensonges de la théosophie et des erreurs de la métaphysique.

FIN

Imprimerie L. LINARD, 7, rue Blainville, — Paris, Ve

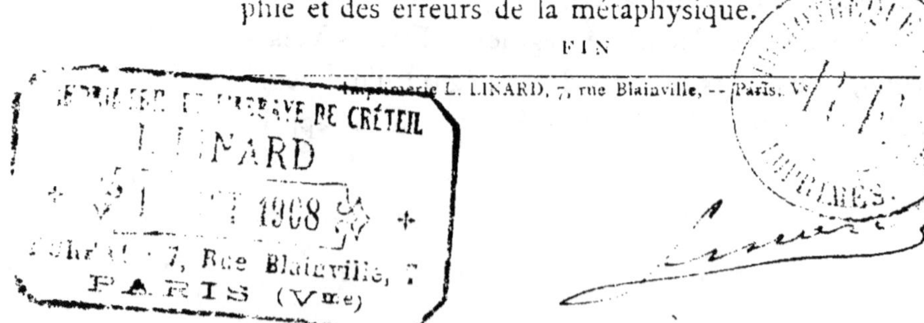

www.ingramcontent.com/pod-product-compliance
Lightning Source LLC
LaVergne TN
LVHW011952160826
845678LV00002B/501

* 9 7 8 2 3 2 9 6 9 1 7 6 3 *